꽃 피기 전과 핀 후

마이노리티시선 47

꽃 피기 전과 핀 후

지은이 객토문학 동인
펴낸이 조정환
책임운영 신은주
편집부 김정연
표지 디자인 조문영
홍보 김하은

펴낸곳 도서출판 갈무리 **등록일** 1994. 3. 3. **등록번호** 제17-0161호
인쇄 2016년 11월 1일 **발행** 2016년 11월 11일
종이 화인페이퍼 **출력** 상지출력 **인쇄** 중앙피엔엘 **제본** 일진제책

주소 서울 마포구 동교로 18길 9-13 [서교동 464-56]
전화 02-325-1485 **팩스** 02-325-1407
website http://galmuri.co.kr e-mail galmuri94@gmail.com

ISBN 978-89-6195-146-3 04810 / 978-89-86114-26-3 (세트)

값 7,000원

* 이 시집은 경남문화예술진흥원에서 제작비를 지원받았습니다.

이 도서의 국립중앙도서관 출판시도서목록(CIP)은 서지정보유통지원시스템 홈페이지(http://seoji.nl.go.kr)와 국가자료공동목록시스템(http://www.nl.go.kr/kolisnet)에서 이용하실 수 있습니다. (CIP 제어번호 : CIP2016025591)

꽃 피기 전과 핀 후

객토문학 동인 제13집

갈무리

13집을 내며

여름이 갔다. 이제 가을이 제자리를 잡을 것이다. 시간과 함께 잊힌 것들을 추억처럼 불러내 본다. 1990년 마음을 모았던 동인들이 한둘 손을 놓을 때마다, 안타까웠지만 또, 그 손을 다른 동인들이 잡아 주었다. 그래서 여기까지 올 수 있었다. 고맙다. 누구에게랄 것도 없이 고맙다. 2000년 첫 동인지 묶음 집을 내기까지 소책자 『북』을 통해 우리들의 목소리를 나름 내고자 하였다. 이 『북』에 실렸던 시간의 흔적들을 가려 뽑아 이번 동인지에 소개하고자 한다. 『북』을 펼쳐놓고 소식이 끊긴 옛 동인들의 작품을 읽는다. 1990년대를 통과하면서 우리가 고민했던 흔적들을 되짚어 보며 '열정'이라는 단어를 생각한다. 그리고 지금 '객토'를 반성해 본다. 무엇보다 옛 동인들의 작품을 읽으며 느낀 것은 시간을 몇 굽이 넘어왔는데도 우리 삶이 변한 것 하나 없다는 것이다. 그리고 소식 끊긴 동인들과 혹, 이번 동인지를 통해 재회를 했으면 하는 바람도 있다. 그리고 여전히 시대의 가장자리에서 아등바등 살아가는 동인들의 일상과 동인 각자가 짊어지고 있는 시대의 화두를 다룬 시편들을 소개하고자 한다. 나아가 시대의 부조리 앞에 맨몸으로 서 있는 시를 읽는 독자와 시를 생산하는 시인 할 것 없이 시를 통해 치유 받고 시와 함께 앞으로 나아가기를 염원해 본다. 지난 일 년은 여느 일 년과 다르지 않았다. 굳이 찾자면 나이를 한 살 더 먹었고, 동인 각자 먹고사는 일에 좀 더 매몰되고 자꾸 시를 놓치는 것 같아 안타까울 따름이다. 안타깝지만, 이런 때일수록 힘을 내자. 꼭 누구에게 하는 말이 아니다.

2016년 11월

객토문학 동인

차례

제3부 북소리

제1부

북

위장

― 파업에 들어가다

나는 20년 동안이나 열심히 일했지
대가라곤 라면 몇 봉지와 단무지 몇 조각뿐인
이 엄청난 근로의 현장에서 밤낮없이 말이야
처음엔 그게 숙명인 줄 알았어
길쭉하니 식도를 따라 떠밀려 드는 가난을
살은 살대로
피는 피대로 분리해 가며
그를 위해
내 조그마한 근로조건까지도 뒷전으로 밀쳐두고
내가 늘 가난으로 쪼그라들고 있다는 걸 느끼면서도 말이야
하지만 이젠 속지 않기로 했지
그래서 주인이라고 자처하는 그에게 노동쟁의 신고를 냈어
어떻게 하나 보고 싶었어
아니나 다를까 주어지는 건 라면과 밤낮없는 노동뿐
한시라도 마음 놓고 발 뻗을 수 없었어
울고 싶었지 피멍이 맺히도록 눈가가 시리게
등과 등을 맞대어 달라지는 현실
바라볼수록 왜곡 당한 내 노동을 바로잡고 싶어
파업에 들어갔지

결국 그는 병원 진찰대에 누워
밥과 라면을 두고 몽롱함 속으로 빠져들었지
(속이지 마, 이제 거짓은 통하지 않아)

출처/ 『북 1』(1991)

바퀴벌레

나동면 유수리 정동의 개집만 한 달 셋방에 딱정벌레처럼 붙어 사는 내가 정경 방패와 더듬이로 엄청난 부까지도 소화해 현대의 모든 집은 모두 내 집이라는 너에게 언제부턴가 등 뉘일 자리마저 포위당하고 이제 뇌마저 온전하지 못하다.

한둘 스멀거리며 나는 외제라고 그래서 너희는 감히 나를 건드릴 수 없다고 벽이면 벽, 바닥이면 바닥을, 겁내게 할 하나의 구석도 지니지 못한 무방비의 법 위로 무조건 횡단하는 너를 심하게 웅크린 눈으로 바라보고 있다가 한 달 월급이 피라미 눈 만한 나는 약국에서 하나에 육천 원이면 너를 죽일 수 있다는 약을 사지 못하고 오백 원 한다는 붕산 한 봉지를 사 들고 미국산이라고 대문짝만하게 쓰인 표지를 보면서 집으로 온다.

새알을 빚는다
팥죽에 넣을 것이 아니라
너를 몰아내기 위해
내 등 뉘일 개집만 한 달 셋방을 찾기 위해
외제 붕산 가루와 외제 밀가루로 새알을 빚는다.

출처/『북 2』(1991)

가을
ㅡ 고독

아득한 절벽
다시 헤어날 수 없는 긴 나락으로
주검보다 싸늘한 나신이 춤을 춘다

의식조차 거부된 허망한 손길은
잡을 수 없는 시간 속으로 멀어진다

피할 수 없는 정욕의 화살
서릿발 같은 사랑의 분노는
낙엽의 운명으로 허우적거리는 육신이 된다

세상이 끝나는 날인 것처럼
물거품을 껴안는 듯
갈대처럼 바스락거리는 가슴 새로
시퍼런 날 바람이 스친다

모든 것이 죽음에 이른 듯
아무도 나서지 않는 철저하게 가려진 공간으로
사막 같은 영혼은 메말라만 가는데

세찬 물결을 가르듯 다가서는 것은

허공을 가르는 침묵뿐

출처/『북 1』(1991)

낙엽

미리 정해 놓은 날인 듯
때맞추어 떠나야만 한다기에
감당할 수 없는 슬픔을 안고
벼랑으로 떨어져 가야만 합니다

헤아릴 수 없는 날들
차마 말로 다 못하는 떠나는 이의 가슴 새로
창백한 손짓
떨리는 몸부림으로 전해 올 때
내 발목 움켜잡는 홍수 같은 눈물 자락에도
떠나야만 하는 이 길이 원망스럽습니다

하지만 하늘과 땅으로 영영 갈라선다는 커다란 서러움에도
아주 멀어진다는 절망은 꿈에도 생각을 못했습니다

살얼음 풀리는 날
온 세상이 죽음 같은 긴 잠에서 기지개 켤 때
다시 만날 수 있다는 실낱같은 희망을 안고
떠나야만 하는 아픔이 원망스럽습니다

바위 같은 고통이 밀물처럼 밀려와

머리채를 뒤흔들어 버린
손꼽을 수 없는 숱한 날도
내 육신 찢어지는 참을 수 없는 고통에도
함께 할 수 있었다는 가슴 벅찬 즐거움은
더없는 기쁨이었습니다

내가 떠난 후
시린 날 바람이 걷잡을 수 없는 날
작은 가슴으로 파리하게 떨고만 있을 정신없는 괴로움에도
나누어 가질 수 없는 안타까움은 어찌하라고
냉정하게 떠나야만 한다고
얼음장 같은 손바닥으로 밀치는 그대가
말할 수 없도록 밉습니다

출처/ 『북 1』(1991)

약수터

술이 덜 깬 아저씨는
잘 나가다가 UR이 튀어나오는
가뭄대책 위원장이 되어버리고
물 아깝다. 물통 바로 돼라
몸빼 입은 아주머니
에너지 절약 위원장
산불 조심 아저씨는
가만히 있어도 환경보존 위원장
욕쟁이 할머니는
기초질서 위원장이 되어 줄을 세우고
저마다. 고쳐라. 안 된다
큰소리 쾅쾅 치지만.
시멘트 두 포 기금 마련
약수터 환경개선 위원장이 말하니
터질듯한 비상시국은
물통 속으로 질식사.

출처/ 『북 6』(1995)

내 땅

민주 자유 그리고
숟가락 잡고 울던 굶주림에
못 이겨 싸우다
가슴에 구멍이 났거나
눈알이 터져버린
죽은 자의 무덤만이
우리의 땅 이구나

천지를 둘러보아도
어머니 눈물이 형제들 피가
젖지 않는 곳 없음인데
강으로 땅으로 흘렀음인데

아직 선명히 남아 있는
피 흘린 곳도 내 땅이고
아카시아 뿌리 캐고
일 년 농사 삽질한 곳도
내 땅이라 말하니,

죽어 흙이 돼야 내 땅일까?
죽어 흙이 돼야 내 땅일까?

땅에 버린 농부 용케 살아 있으나
둥지 잃은 까치 울어
그 머리 위로 둥지 짓는다

출처/『북 7』(1995)

하루

일한 흔적들이 쌓인다

1년, 3년, 영구보존
분류된 서류 더미는
밀폐된 공간 속으로 자리 찾기를 한다

때론 필요한 것과
늘, 자리만 채우다
태워질 것도 있으리라
극장가를 빠져나온 인파처럼
누적된 종이뭉치에다
나날을 보내는 나는
제자리걸음에다, 뒷걸음질의
생활을 반복한다

세상의 모습은 질주하고
앞선 발자국을 따라잡기엔
초를 다투어야 하는데
이대로 주저앉은 나는

폐기처분 되는 건 아닐까?
어제처럼 시간 따라
숨바꼭질로 하루는 간다.

출처/『북 3』(1992)

시장

질퍽한 흙물이 바쁜 걸음 붙드는
시장거리,
거무튀튀한 얼굴, 갈라진 손에 오가는
꾸겨진 지폐는 삶의 광기

이 골목, 저 골목
우리 어머니 닮은 사람들
온종일 쪼그리고 앉아
몇백 원에 다투는 모습은
흉일 수 없고

얄팍한 세상에
숨을 조이는 것은
거만하게 번쩍여도

아무도 부러워하지 않을 가난,
아직, 가까이 오지 않은
내 꿈을 좇는다

출처/ 『북 3』(1992)

만성두통 1

개밥을 주며 나는 그를 길들이지만
그는 나를 이미 길들였다.
더는 빨 것이 없는 꽁초를 버리며……

출처/『북 5』(1994)

안개강의 사람들

겨울, 안개강을 건너간 사람들
오늘도 하늘을 볼 수 없었다
아득한 안개강으로 드러난
닻을 내린 잠든 배와
물 이랑을 살며시 건드리는
강섶의 갈대만이 모두였다.

나는 안개강에 흘러내리는
그 차갑고 시린 강물이
사람들의 슬픈 몸짓이라, 알았고
오래도록 흐느껴 울었다.

세월은 강 아래로
아래로 흘러갈 뿐 말이 없다
안개는 수많은 사람을
가려 주었고 사람들을 감추고 있을 뿐
강가에는 언제나 안개를 걷고 있는
바람만
휘돌고 간다.
강가의 저편으로 한 무리의 갈매기 사라진다.

출처/『북 5』(1994)

우리의 조사弔詞

하얀 변기에
우리,
어디 한 번 눈 적 있는가
맑고 투명한 오줌을

기본시간보다 훨씬 많은 시간
육칠십을 산다는
우리,
얼마나 가불되어 있던가
연장근무로 내일이

있는 사람이야
변호사다
비밀 금고에다 유서를 남기지만
우린,
부러워한 적 있는가
크게 그렇게 한번

그래

저 고양이 앞에서 발발 떠는 쥐가
가끔 위대해 보이는 것은
막강한 콘크리트에 구멍을 내는 것보다
찍소리라도 내고 죽기 때문이지
깨지고 터지고 질식하고 감전당하고 떨어지고 열 받고……
그리고 조용히 자다가 아침이면 싸늘히 식어있는

우린,
소금 꽃이 피어있는 때 묻은 작업복에
눈물로도 지워지지 않게
몸뚱이로 새기자
우리의 조사를.

출처/『북 8』(1995)

숟가락 하나

고철 더미 사이에
숟가락 하나

목숨 壽자 다 닳은
주인 이름
숟가락 하나

정문 앞 복직 단식 투쟁
이레째인
노동자 하나

목숨
삭아가는
노동자 하나

출처/『북 5』(1994)

아침 식사는 빵으로

언제였을까
무상원조 식품으로
처음 이 땅에 발 디뎠던 그때가

밀밭 두렁 몰래 기어들어가
왼 종일 씹고 다니며
오래도록 배고픔을 잊던
어린 시절이
미제바람 불어 간 자리처럼
말끔하다

이제는,
버젓이 아침상까지 차지하려는
농약 절은 저 철면피의 구호가
낯설지마는 않은데

어느 빵집 유리 벽에 나붙은 포스터
선명하고 굵직한 고딕체 활자로
나를 보고 웃는다

아침 식사는 빵으로!

출처/『북 7』(1995)

세상에 띄우는 편지 2

아버지
신문을 보면 눈물이 납니다.

전국에서 하나같이
의기롭게 일어남을 읽으며

내 속에서도
피 끓고 있음이
눈물이 되어 흐릅니다

탑골공원 민주수호노인회에서도
5·18 특별법 제정하라며
시위에 참석했다지요

말 없었어도
가슴 속 저마다
시퍼런 칼날
갈고 있었음에
또
기쁜 눈물이 납니다.

아버지

학보 귀퉁이 서명란을 오려내며

오늘

젊은 내 가슴 속 뜨거운 핏속에서

잘 갈아둔 칼 냄새

짙게 납니다.

출처/『북 8』(1995)

길에서

저녁연기가 오르지 않는 마을을 지날 때
목도리에 얼굴까지 묻은
여자아이는 창밖을 보며 울고 있었다
텅 빈 들판
공장으로 떠나던 날을 생각하는 것일까
팔이 잘리고 목이 잘리고
꿈을 강도당한 가로수는
눈물도 없는 몸뚱이로 찬바람을 맞고 서 있다
세상은 꿈을 버리라 강요하고 있다
우리의 풍경은 절단된 채
자라지 못하고 있다
흔들림의 기억이 멀리 사라지고
잘린 땅 철조망에 갇혀 사는 우리는
머리가 없고 팔이 없는
가로수를 이상하게 생각하지 않는다
겨울임을 알아 버린 사람들은 움츠리고
봄이 올 것이라 막연히 믿고 있다
목도리에 얼굴까지 묻은 여자아이는
아직도 울고 있다.

출처/『북 2』(1991)

역사의 이름으로

하늘 똥구멍까지 올라간 물가
몇 달째 계속되는 적자 가계
마침내 아내는 바가지를 긁고
가계부 빨간 마이너스 숫자가
눈앞에 확대되어 온다.
고용불안에 일자리는 위태롭고
이 공장에서 쫓겨나면 반겨줄 자본가도 없다.
쇠 깎는 기술 아니면 몸으로 때우는 노가다
목줄을 죄어오는 사장님의 서슬에
가족의 생계를 걱정하며
옆 동료 돌아볼 여유도 없이
나 혼자의 세상으로 깊숙이 빠져들고
“이럴 때일수록 노동조합을 중심으로 단결하자
그래서 우리의 인간다운 삶을 보장받자”는
노동조합 간부의 애원은
애꿎은 담배 연기에 날려 보내고
자꾸 고개는 발끝으로 떨어진다
누가 우리의 삶을 잡고 흔드는가?
밥줄에 묶여
무관심과 패배의 얼굴
잔업 한 대가리 더 챙기려

반장님 눈치를 살피고
아침체조, 조합원 징계, 경영합리화
자본은 우리의 목에
더 굵고 튼튼한 쇠줄을 걸어
밝고 희망찬 직장을 건설하여
끝없는 욕심의 보따리를 키워간다.
배신의 문민은
국가 경쟁력 강화, 사회적 합의, 무쟁의 원년
온 세상 시끌벅적 개소리를 짖어대고
말단에서 고위 공무원에까지
앵무새처럼 짖어대는
민주사회를 건설하여
우리를 계급의 담벼락 속에 영원히 가두러 한다.
그래
경제안정
민주사회라면 우리도 거부하지 않으리라
그러나
노동자의 임금을 억제하고 이윤의 극대화를 추구해
너희들의 천국을 만들겠다면
거부하리라
너희들만의 세상이라면
역사의 이름으로 거부하리라.

출처/ 『북 5』(1994)

손영희

고향에서

— 어느 여름날 밤

중학교 마치고 타지로 간
앞집 작은 아재는
자전거방 직공에서 중소기업 사장으로
우리보다 늦게 떠난
옆집 아들 상희는
다달이 적금 부어 아파트를 샀다는데

마산 간 지 십 년이 넘은 너희는
지금까지 뭐 했더노!
셋방살이 청산 못 한 서른 넘은 오빠는
갑갑한 심정인 듯 담뱃불만 그어대고

뜰 안 가득 고이는 달빛 속에서
육순의 어머니 시름을 앓으시는데
어디서 날아온 반딧불 하나가
네 살배기 조카를 놀리고 있다.

출처/ 『북 7』(1995)

다시 살아올 동지여

— 먼저 가신 열사에게

시장 모퉁이에서
막걸릿잔을 부딪치며
붉힌 얼굴로 만날 수도 있고
산을 오르며
가볍게 웃어줄 수도 있는
삶의 친구로 머물 수도 있었지만
그대의 큰 깨달음의 실천으로
언제나 용기 없고
남을 위해 큰소리 한 번 못 치는 소심함도
떳떳할 수 있는
우린 동지가 되었지
온 산을 물들이는 진달래보다
더 붉은 몸뚱일 세상에 두고
거꾸로 도는 세상모순을 싸안으려 했지
오늘, 풀 한 포기라도
구둣발에 짓밟히는 현실에서
한 줌 재로
목련처럼 아프게 살다 간
그대의 마지막 외침을 생각하며 울지 않겠네

일어서야겠네
우리보다 더 큰 아픔으로
더 큰 어깨로
살아올 그대를 생각하며.

출처/『북 3』(1992)

돌아오는 길

오늘 내 두 귀에서 시꺼먼 고름이 흐르는 건
나쁜 핏덩어리가 응어리져
가슴속에 맺혀 있던 울분이 화살 되어 꽂혔기 때문이야

날마다 우린 귀머거리로
낚싯줄에 꿰어
지렁이 밥보다도 못한 싸움에서
헐떡거리는 허 멀건 양심으로 살아왔고

밟히고 구겨진 역사가
등을 짓누르는 현실 속에서
한 번도 고개 들어 살피지 못한
죄책감으로 밤길을 헤맸을 뿐이야

두 어깨만으로도 힘들어하는
껍데기로는 오고 싶지 않아
다듬고 정제된 칼날보다
꺾이지 않는 죽창으로 서고 싶어

뒤틀리지 않는 양심으로
한 번 가면

다시 오지 않을 화살로……

출처/『북 1』(1991)

칠월

칠월의 태양은 알고 있지
시퍼런 떡잎을 활짝 젖혀
기지개를 켜며 소란을 피웠지만
벌레에 팔다리 뜯기고
가벼운 바람에 모가지가 꺾이고
작은 공해에 맥없이 말라버리는
치열한 생존의 몸부림도 없이
아, 가을은 아직 멀었는데
칠월의 태양은 알고 있지
끈질긴 생명력 없는 놈
별수 없이 낙오되는 법칙을
산 자와 죽은 자가 뚜렷이 구별되는 숲을
이글거리는 태양은 알고 있지

칠월의 태양은 알고 있지
최소한의 생활임금 쟁취하자
깃발 앞세우고 호들갑 떨었지만
작은 회유에 흔들리고
공갈협박에 조직은 와해하고

적자 타령에 힘없이 주저앉아 버리는
가열찬 투쟁의 함성 애써 외면한 채
아, 직권조인에 줄행랑치는 위원장
칠월의 태양은 알고 있지
끈질긴 투쟁력 없는 어용노조
노동자의 목을 조여 오는 법칙을
승리자와 패배자가 뚜렷이 구별되는 노조를
이글거리는 태양은 알고 있지

출처/ 『북 8』(1995)

빨래하는 남자들

벌거숭이 사내들이
킬킬대며 빨래를 하고 있다
기계 멎은 공장은 무덤 속 같고
샤워장은 왁자지껄하다.
갓 입사한 젊은이도
정년 앞둔 영감님도
무엄하신 반장님도
걸레 같은 작업복을 빨고 있다.
휴일에도 일만 하는 사내들이
월급봉투* 못 만져보는 사내들이
아내 앞에 패대기치지 못하고
벌거숭이로 낑낑거리며
밀쳐대고 밟아댄다
불알은 대롱대롱 춤을 추고
권위는 땟물로 줄줄 흐른다.

* 월급은 은행 통장으로 나옴

출처/『북 8』(1995)

뇌물 공화국

— 요람에서 무덤까지

그들의 손에 의해 만들어지기라도 한 듯
아들이니 십만 원이라는 억지에
진료비, 입원비 다 줬다는 말은
세상 물정 모르는 얼간이 되기에 십상이고
결국, 산부인과 의사 손에서 하얗게 웃고 있는
돈 봉투와 함께 한 생애는 시작된다.

얇으나마 그놈의 봉투가 있어야
유치원 꼬맹이도 큰소리로 노래할 수 있고
시장바구니를 줄여서라도 뒷돈을 만들어야
제법 교육열 높은 부모 축에 끼이는
이 시대의 슬픈 어머님들,
피카소, 고갱이야 통곡을 하든 말든
뚝배기 깨지는 소리가 아름다운 소프라노로 변하든 말든
사장, 장관, 교수의 아들딸이면
일류 대학 출신의 일류 예술가는 모두 내 자리.

밤에는 어둠으로 이어지는 돈뭉치
선량한 국민 깨끗한 한 표는 왔다 갔다……

뿌린 것보다 많이 거둬들여야 하는
벼르고 벼르던 자리
온갖 악덕부패 저지르다 들켜도
부끄러움이 될 수 없다. 망신이 되지 못한다
다 그렇고 그런 세상
단지 재수가 없었을 뿐이다.

양심을 팔고 권력을 내세워
물 흐르는 대로 살아온 세상
한 줌의 흙이 되는 순간까지
입술 튀어나온 운전사 양반 손으로
노잣돈 든 봉투가 들어가야
영구차의 뒷문이 열린다.

봉투에서 시작해서 봉투로 끝맺는
요람에서 무덤까지를 자랑하며
그래도 웃으며 살 수 있는
우리는, 뇌물 공화국의 현-명한 국민.

출처/ 『북 1』(1991)

막노동꾼 아버지

무를 사러 시장엘 갔다
한창 먹성 좋은 고2 막내의 다리보다 큰
싱싱하고 깨끗한 무 1개에 200원
반평생을 땀 흘리며 가꾸어 온 흙을 잃고
막노동판으로 생을 옮기신
예순 나이의 아버지 생각에
서러운 분노가 치밀었다.

코흘리개 다섯 남매 일요일 빌어
미래의 씨앗을 뿌리고
추석 설 거르지 않고 물을 주고
봄꽃 구경, 가을 단풍놀이도 잊고
꿈을 가꾸기에 바빴지만
근면과 고생의 결과 남은 것은 빚잔치뿐
땅은 절대로 사람을 속이지 않는다던
아버지의 굳은 진리가 깨어지고
그나마 몇 마지기 소작은 어머니의 전유물이 된 지 오래.

다섯 남매에게 하늘보다 소중한 우리 아버지
오늘도,
몇 잔 막걸리 힘을 얻어

무거운 자갈 지게를 버티실 게고
썩은 정신을 가진
내 또래의 이 나라 젊은이들은
울 아버지 부르튼 얼굴과 언 손을 보며
화이트칼라가 아니라 하여
예의는커녕 비웃기까지 하겠지.

1개에 200원 하는 무에
일곱 식구의 생명줄을 거느니보다
오히려 천대받는 노동꾼이 마음 편하다고
이름도 좋은 노가다꾼이 되어
가난한 점심을 싸 들고,
아직 열리지 않은 새벽 들판을 달리는
아버지의 낡은 자전거 요령은
언젠가 잃어버린 농토를 찾겠다는 의지의 표현일까
당신 자신의 삶을 향한 자조의 웃음일까.

출처/『북 1』(1991)

감꽃

감나무를 걸친
담벼락 아래에
나의 어린 시절이 떨어져 있다.
그것은
배고픔과 서러움이었지만
화사했던
마음의 봄날이었다.
하늘이 노랗게 필 때까지
주워 먹고도 남음은
노오랗게 한 줄을 목에다 걸고
손바닥만 한 햇살을 밟는다.

출처/ 『북 7』(1995)

닭장 속의 광경

— 어느 하계 출석수업 후 백숙 집에서

한 평 채 안 되는 닭장 안의
소란은
어미 닭이 모가지 비틀려
나간 줄을 아는지 모르는지
한 놈의 영계가 흙 속에서 찾아낸
지렁이 한 마리에
다른 한 놈의 병아리는 빼앗아 먹겠다고
날개를 퍼덕이는 광경이……

출처/『북 6』(1995)

분수 1

— 악의 악순환

끌어올리는 힘
그 엄청난 위력
배울 곳에선 배울 게 없는
너는
우둔한 무지개

출처/ 『북 5』(1994)

분수 2
— 섭리

내 것도
남의 것도 내 것 인양
마구 삼켜대고
삼킨 만큼 토해 내는
해답 없는 방정식

출처/『북 5』(1994)

제2부

『북』 그 이후

박덕선

내려놓기 / 안녕하십니까? / 풀이 아니어서 슬프다
꽃이 피는 내력 / 다시 서는 저 들판에서

배재운

어머니 / 장날 / 깻잎을 따다가 / 가뭄 / 사드

이규석

로봇 시대 2 / 착각 / 동백꽃 / 훈수 / 똘기

이상호

여름 / 비상 / 바이러스 / 장마 / 뱅뱅뱅

최상해

시 / 미시령에서 / 몸 / 줄 / 그래

표성배

馬山 10·18 그리고 / 마산수출자유지역
취업공고판 / 몽고정 / 혁명은 없다

허영옥

상전 / 여기는 어디? / 폭염

내려놓기

하늘을 가져볼 욕심으로 두 팔을 벌렸다
사람을 가져볼 욕심으로 닿는 곳마다 뿌리를 뻗었다
허공에 금고를 짓고 돈 냄새를 풍겼다
벌 나비보다 먼저 날아든 파리 떼들
꽃의 생애를 바칠 건 한 마리의 나비로 족하다

꽃이 진다
한 잎 한 잎 내려놓는
바람의 초혼가
생애의 푸른 꿈 성성한 춤사위

억장을 내려놓고
절치부심을 날려 버리니

비로소 익는다

안녕하십니까?

어떻게 그걸 물을 수 있죠?
여기보다 저 아래보다 더 깊은 나를 보고
안녕하시냐고요?
다시는 전화하지 마세요.

단전 고지 통첩 전화에서 당신은
고객님 사랑합니다. 안녕하시냐고 물었나요?

서리 맞은 들풀들에게
겨울은 안녕하시냐고 묻지 않습니다.

하늘의 모든 별이 웃는다고 생각하는 그대에게
별의 눈물로 안녕을 묻지 마시고

얼마나 추운가 언제쯤이면 안녕할 것인가
제발 대답해 주세요

풀이 아니어서 슬프다

인간의 마음에도 풀이 자랄 수 있다고
믿은 적이 있었다.
사랑의 토양이 영혼의 물관을 타고
저 들판처럼 푸르를 수 있다고
생각한 적이 있었다.

이 꽃 저 꽃 풀들을 들여다가
물을 주고 마음을 쏟아
어떤 이는 나무만큼 자라 뿌리를 박고
심장을 둘러싸고 놓아주지 않아서
심박통으로 밤을 새우기도 했고

어떤 이는 향기가 너무 짙은 꽃을 피워
알면서 알면서도 빠져들어
폐포를 틀어쥐고 꽈리를 불어도
빠져나가지 않아 한숨을 멈출 수가 없었다.

풀들을 죽이기 위해 안간힘을 쓰게 될 줄
몰. 랐. 다.

땅 위의 풀은 풀들끼리 서로 불어주면서

지탱하고 뿌리박고 지들끼리 사는구나

오늘은 풀이 아니어서 슬프다.

꽃이 피는 내력

사냥 온 선비한테 바친
순정으로 쑥부쟁이 피고
심청 같은 도라지
아비 빚 갚으러 늙은이한테
시집가는 날 죽어 꽃이 되었다 .

딸들의 죽음이 피운 꽃은
천지사방 흐드러져
탐욕 성한 벌들 먹어 살린다.

벼꽃이 피운 살 발라 먹고
살이 찐 아비들
도화 꽃 달디단 엉덩이
툭툭 치며 불콰해 돌아온 날
너희들 먹여 살리느라 힘들다
꽃 때문에 못 살겠단다.

점. 점. 점. 툭
꽃들이 진다.

전쟁에 딸 판 돈 10억을 먹고

배부른 아버지는
또 무슨 꽃을 피워 낼까

다시 서는 저 들판에서

오월의 잔디 광장은
깃발 하나 꽂을 곳 없는
새 정부의 노동법이다

그 속에서도
괭이밥이 씨앗을 맺었고
보도블록 이음새마다 새파랗게
개미자리 흰 꽃이 소지처럼 피고
호미 날에 줄기 잃고
밤새 생피 어렸던 반하는
제 피 버무린 자리에서
또 잎을 피웠던 날이 있었다

잔디밭에 앉았나요?
잘 깎은 공원 광장
훈련소 초년병 연좌 훈련받듯
깡똥한 어깨동무 스크럼 짠
그 촘촘한 잔디밭에 앉았나요?

통일부 수장이 통일을 외면하고
노동부 수장이 노동자를 짓밟고

환경부 수장이 운하를 파자는
언어도단이 뗏장으로 얽혀

그 질기다던 바랭이 잎도
빛을 잃고
봄맞이꽃 씨앗 맺은 뿌리도
뽑혀 올라 시들고 마는
이 광장에서

촛불을 들고
민주주의여 또 목이 메어야 하나

어머니

따뜻한 숭늉이 그리운 것은
흩뿌리는 빗방울 때문은 아닐 것이다
밥보다 먼저
누룽지 한 줌 손에 쥐여 주시던
그 따뜻한
저녁 한때의 기억을 붙잡고 싶은 마음 때문이다

장날

쭈삣쭈삣 하다
삐죽삐죽 고개 내민
새싹들이
싱그러운 풀숲 이루듯

빨강 파랑 고무대야들
쭈삣쭈삣 하다
삐죽삐죽 고개 내밀어

봄비 지나간
난전에
꽃밭을 일구었네

깻잎을 따다가

씨를 뿌리지도 가꾸지도 않았는데
절로 나고 자란 깻잎
울타리 너머로 한 움큼 따다가
신통하고 고마워 무슨 복인가 하다가
소리 없이 달려드는
풀숲 모기에게 값을 다 치렀네.

어김없이 주고받는
자연의 순환인가 하며
"공짜는 없다"는 그 말 몸으로 다시 배웠네

가뭄

눈에 좋다 허리에 좋다
이런저런 운동이
건강에 좋다는 그 말에 휘둘려
따라 하다가
팔다리 어깨 안 아픈 곳이 없네
파스 붙이다 병원 가고
한참을 고생하다
문득 생각나는 속담 하나
"사람이 안 하던 짓 하면 오래 못 산다"는 그 말
참 맞는 말이네 하다가
꼴은 사람인데 짐승 짓 하는 버러지 같은 분들이
멀쩡히 뉴스에 나와
애국 애민을 외치는 꼴 보니
아니네 하다가

열불 나
가슴만 바삭바삭 타네

사드

이유는 모르지만
꿩은 꿩꿩하고 꼭 두 번씩 운다
내 고향에서는 꿩을 꽁이라 불렀는데
꽁은 꽁꽁하고 꼭 두 번씩 운다
듣는 귀가 달라
꿩꿩도 맞다 할 수 있고
꽁꽁도 맞다 할 수 있지만
이곳 사람들은
썽썽 꽁꽁 하다
꿩꿩 꽁꽁하며 싸운다

콩밭에서
꿩 맘대로 울었는데

로봇시대 2

거리에 서면
저마다의 소리 수북하다

눈도 있고
귀도 있고
입도 있는데

못 본 척
모르는 척
관심 없는 척

오늘도 사람의 거리에 서면
따뜻한 가슴이 없는
기계소리만 요란하다

착각

부드러운 바람이었다

간질이는 봄기운에 그만
속 가슴 풀고 활짝 웃어버린
저 벚꽃

아직도 탱탱하게
탱탱한 긴장 풀지 못하고
움츠려 있는 봉오리들 앞에
자랑같이 으스대고 깐죽거리는 것이

지금은 깜깜한 난기류의 시대
너무 쉽게
아니 너무 빨리 일탈하려는 욕심으로
본분의 자세 잊고 서둘러
서둘러 요란스럽게 피어서는

봄날 같은 따스한 입김에 젖어
정신 줄 놓은 그 아둔함 일깨우는
소소리바람 매섭게 불고 갈 때
뚝뚝 떨어지는 꽃잎 꽃잎들

초라한 아우성으로 흩날리고 있다

동백꽃

피우고 싶었다

아내 어머니의 자리로
울을 만들어 도란도란 뿌리내리고
따뜻하고 오붓한 향기 물씬물씬 젖는
한 가정을 품은 꽃

바람이었다
봉긋봉긋 부풀어가던 꽃봉오리
칼바람에 가정이 뿌리 뽑혀버린
유난히 무덥던 그해 여름
아
그것은 피할 수 없는 태풍이었다

그리고 다시
요란했던 황토물 맑게 흐를 즈음
포기할 수 없었던 내 자리를 두고
갈증은 심하게 일고

다시 피워야 했다

이젠 부끄럼도 잊고 노래방에서
자존심 죽여 불쑥 옷을 벗고
벌과 나비 찾는 도우미 꽃이 되어
시리도록 추운 세상 향해
참고 참아왔던 질펀한 피 울음
두려움도 없이 터트리고 있다

훈수

비켜 갈 수 없는 길

이미 예고했던 장마 시작되었고
숨기고 살 수 없는 것들 버리지 못해
그대로 비를 맞고 있다

말없이 젖고 젖어서
눅눅해져 오는 삶의 무게 걱정되는데
어쩌면
그 걱정들도 대책 없이 젖고 있는데

바람이 흔들고 지나갈 때마다
비를 맞고 있던 나무가 태연히
나뭇잎 하나 팔랑
팔랑 떨어뜨리며 내게 말을 건다

젖어서 무거운 것들
가지 부러지기 전에 이렇게
그냥 쉽게 툭 털어야 한다고

똘기

풋풋함 벗기도 전에 떨어져
뭇 발길에 채고 밟히는
너도
탐스럽게 영글고 싶었을 것이다

피할 수 없는 거센 비바람
온몸으로 버티고 지켜서
튼실하게 잘 여문 씨앗 하나
가슴에 품고 싶은 꿈 있었을 것이다

누구나
꿈은 언제나 바뀔 수 있는 것처럼
마음껏 즐길 수 없는 이 낯선 현실
새롭게 열어가고 싶을 것이다

토실하게 익은 향기 자랑하며
부러운 시선 받고 싶었던 그 욕심
지금은 삭히고 푸욱 곰삭아서
또 다른 꿈 하나 품어내는 것이다

* 똘기 : 채 익지 않은 과일

여름

덥다는 것과 덥지 않다를 생각하다가
춥다는 것과 춥지 않다를 고민하다가
그렇다면
뜨겁다는 것과 뜨겁지 않다의 차이를 고민하다가
찹다는 것과 차갑지 않다를 생각하다가

오늘
나는
덥다도 아니고
춥다도 아니고
뜨겁다도 아니고
찹다도 아닌
하루를 생각하다가

열정
하루를 사는 열정에
초점이 맞춰져

덥고 춥고

뜨겁고 차갑고를 떠난

단 하나
열정을 고민하다가

끝내 잠들지 못하고

비상

검지, 중지에 힘을 줘도
묵묵부답의 힘줄이 낯설다

어깻죽지의 통증이
한쪽 날개를 내려놓게 한다

내일을 위해
내일의 고통을 이기기 위해
진통제를 먹고 새벽녘 수면제로
밤을 넘겨야 한다

어둠을 이긴다는 것은
고통을 이긴다는 것일까
밝음을 본다는 것일까

아직 끝나지 않은
산재의 고통에서
나는 꿈을 꿀 수 있는가

두려움이 가득한
이 밤을 넘기기 위해

오늘을 넘기기 위해
잠을 자야 한다

바이러스

보내야 할 문자가 잘못 갔습니다
지워야 할 순간을 놓치고
벌써 확인의 흔적이 뜹니다

내 손에서 벗어난 글자들
사방팔방 떠돌아다닙니다

되돌리고 싶어도
삭제를 누르고 싶어도
흔적은 확장에 확장입니다

말을 닫고 싶습니다
손가락을 묶고 싶습니다
두려워서 두려운 게 아니라

전이에 전이를 더 하는
저 세계가 두려워서입니다

장마

벌써 며칠째
무학산 안개는 짙다

정상부근
내려오지도 오르지도 않는
저 정적의 찰나가
한 치 앞걸음을 잡고 있는 것 같다

여전히 장마의 아침은
축축이 적셔오고
출근길의 눅눅함은
무학산 정상처럼 안개다

정상이란 곳 한 번도 가 본 적 없는데
이 장맛비 속
안개보다 갑갑한 하루를 시작한다

희망퇴직 받고 있다는 회사로
김형이
골목길을 나선다

뱅뱅뱅

하필
거미줄 끝을 치고
벌 한 마리 떨어지다

쏜살같은
한 방의 거미줄 맞다

날갯짓
뱅뱅뱅
벌, 외줄에 매이다

돌고 돌고 돌아도
외줄 벗어나지 못해
뱅뱅뱅

출근길
바쁘다

시

오십이 훌쩍 지나도록 그 많은 시간 앞에
기쁨이든 슬픔이든 서려 있는 흔적에는
눈길 한 번 없이 내 집만 짓느라 바빴다

심지어 작은 화분에 꽃 한 송이 옮겨 놓고
제대로 물 한 번 준 적 없이 꽃이 피기를 바랐다
제대로 핀 꽃 한 송이 없어도
꽃이라 우기기도 하였다

언제 반듯한 꽃 한 송이 피워낼 수 있을까
갈수록 메말라지는 화분에
가늘어지는 꽃대만 덩그렁 한 날이 쓸쓸하다

오십이 되기 전과 오십이 된 후
꽃이 피기 전과 꽃이 핀 후
그 경계에서 오늘도 길을 찾는다

미시령에서

미시령 휴게소에서 보았다
발목까지 점령한 안개 때문에
숲을 잃어버린 것을,
윤곽도 뼈대도 없는 골과 능을
안개 앞에 내팽개치고 있는 것을,
바닷물처럼 넘실거리는 안갯속으로
한 발 내디디고 싶은 이 절망의 심정 앞에서
감히 눈대중으로도 짚어 보지 못했다
순식간에 사라질 안개 앞에
온 몸과 마음을 저당 잡힌 줄도 몰랐다
밀양의 할매 할배들의 가슴을 휩쓸고 간
송전탑의 윙윙거리는 소문들이 그랬고,
지금 상주를 에워싼 유령 같은
고고도미사일 방어 체계라는
사드가 그 길을 걷고 있다
햇살이 반짝 고개를 들기만 하면
익숙한 미시령 풍경이 눈앞에 펼쳐지고
흔적도 없는 안개에 잠시 정신을 빼앗긴
내 눈을 탓하게 되겠지만
미시령 휴게소에서 나는 보았다
나도 모르게 몸과 마음이 안개에 점령당한

나를 보았다

몸

나이 들수록 몸이 가벼워야 한다는데
갈수록 굵어지는 허리와 늘어나는 뱃살처럼
차곡차곡 옷장을 가득 메운 옷가지를 볼 때마다
버려야지 버려야지 하면서도
막상 버리려 하면 고개가 먼저 갸웃거린다
작정하고 서랍장을 정리하다 보면
사진첩 속 누런 사진들처럼
케케묵은 먼지 속에서
남편의 첫 월급봉투 같은 함박웃음을
행운처럼 건져내기도 하지만
마음 한 곳 비울 수 없는 어지러움을
만나기도 한다
첫 월급봉투를 으쓱거리며 쑥 내밀던
그때는 월급봉투만큼이나 남편의 가슴이 크고
어깨가 떡 벌어졌었다
삼겹살을 굽고 싸구려 포도주를 곁들인
첫 월급 자축 상이 그런대로 구색을 갖추었듯이
지금까지 한 지붕 아래 살면서
버리지 못한 것들이 누런 봉투마냥
여기저기 구색을 갖추듯
서랍 속 자리를 꾸역꾸역 차지하고 있다

나이가 들수록 마음을 비워야 한다는데
비우지 못한 마음속 케케묵은 것들이
몸마저 무겁게 만든다

줄

사람은 줄을 잘 서고 잘 잡아야 한다는데
현우가 선 줄은 알바잡이 줄이었고
잡은 줄은 대형 행사를 전문적으로 하는
호텔 연회장이었다

눈만 뜨면 줄을 서게 하고
입만 열면 줄을 잡게 강요하지만
현우가 선 줄 앞에는 늘 북적대고
잡은 줄은 언제나 가늘기만 했다

줄을 잡으려 뛰어가는 사람
줄에 매달려 가는 사람
줄에 끌려가는 사람
줄 앞에서 눈물을 훔치는 사람들이
만들어 내는 하루

오늘도 현우가 잡은 줄은 6천3백 원
빈 접시를 수거하고
먹다가 만 음식을 잔반통에 폐기하는 줄이었다
한 끼에 오만 원짜리 식사가 반도 먹지 않은 채
잔반통으로 쏟아져 들어갈 때마다

현우는 아침을 거른 채 일당을 위해
줄 앞에서 동동거렸던 시간이 눈에 밟히듯 아려온다

6천3백 원이 꾸물꾸물 목에서 넘어오고
잡은 줄이 툭 끊어진다

그래

짜장면 선남이 회초리 막내 절정
연애 합격 반항 불안 엿 욕 음악 시
아무런 연관성이 없을 것 같은 말들이
제 쓰일 곳에 내려앉아
주춧돌처럼 꽃을 피웠었지

그래서 이런 말이 생겼는지 몰라
그래 바로 그것이야
그게 맞는 말이야
이곳이 네가 있을 곳이야
안성맞춤이네 이런 말처럼

시간을 거꾸로 돌린다면
눈감고도 갈 수 있을 것 같은
익숙한 길이지만
뒤로 갈수록 목울대를 넘지 못한 말들이
차곡차곡 쌓여 있어
가슴이 답답해지고 길을 잃어버린 시간이
무거워지는 이런 밤에는
몽유병 환자처럼 공원을 서성이게 된다

잠들지 못하는 여름 공원엔
가로등 불빛이 더욱 빛나고
도시에는 달빛마저 내려앉을 곳이 없다

馬山 10·18 그리고

봉화산이 내려와 급히 발을 담근다

봉화의 함성이다

마산馬山이 우뚝 말처럼 일어서면 푸른 기와집 문패가 바뀐다 했다

아직은 하늘의 때를 모른다

지하地下는 더욱 내려가고 지상地上은 마천루

바다의 표면은 잔잔하고 파도는 어디서 뜨거운 가슴을 식히나

고래처럼 긴 숨을 참았다 내뱉는 돌섬의 등이 들썩이고

방풍림 같은 무학산은 언제 학익진鶴翼陣으로 고고함을 나타낼 것인가

가만히 한쪽 발을 합포 만에 담그는 갈기가 찢어진 한 마리 말馬

공단은 여전히 개척의 시대 바다 위에는 상선商船의 그림자

사람들은 다 어디로 갔나

함성은 파도 소리처럼 멀어져 간다

이제 이름조차 잃어버린 마산

그 등 푸른 집이 두려워하지 않아도 되겠다

방파제를 넘지 못하는 파도가 애처로울 뿐

마산자유수출지역

예나 지금이나 들고 나는 파도는 변함없는

검게 변해버린 물 빛깔이 파도 소릴 밀쳐내고 있다

구마산과 신마산은 개항開港이라는 역사의 흔적이지만

수출에 자유는 있어도 자유가 없었던 내 누님들

봉화산 봉수대는 여전히 연기를 피워 올리고 있다

멀리 손에 잡힐 듯 가까이

공장이 공룡처럼 눈에 불을 켜는

1970년대와 80년대는 밤낮이 따로 없는 아수라장이었다

더는 오지 말라

종종걸음이여

꽃이 지듯 한 세기世紀가 폭삭 가고 없다

필름을 현상해 보면 무거운 흑백이 가슴을 누른다

그게 저 파도 소리마저 거부하는

광란의 시대를 가로지른 내 누님들

가난한 숨소리다

취업공고판

– 박영근 시인

등 뒤에 있어 볼 수 없다

누가 알겠는가

컨베이어를 백마처럼 타고 도는 하루를

알아도 그만 몰라도 그만인

그들,

그들은 바람을 등에 업고 취업공고판 그림자를 밟고 서 있다

길게,

1980년대를 지나

2010년대가 되어도 공단은 달빛만 괴괴하여

늑대처럼 목울대를 세워 찢어져라

솔아 푸르른 솔아를 노래해도

결빙의 계절엔 봄이 없다

몽고정

요란하던 말발굽 소리

더는 나아갈 수 없어 망연茫然하고 자실自失했던가

내 조상의 피를 대지에 뿌리며 휩쓸고 온

초원의 칼바람을 막아선 것은

높은 성城벽이 아니라 평평한 바다였다

합포만合浦灣을 앞에 두고 물러설 수도 나아갈 수도 없었던 그들

쌕쌕거리는 거친 말들이 내 뿜는 콧김이

울렁울렁 파도를 탈 때마다

놀 어린 바다의 등에 끝없이 펼쳐진 초원을 생각했을까

우물물에 비친 고향 하늘을 보았을까

가만히 귀 기울여 보면 알아들을 수 없는 아우성이

우물 속을 떠나지 않고 있다

역사의 단말마斷末魔는 무엇을 말하는가

머리 위로 지나가는 기차 레일은 초원까지 뻗어있고

멀리 바다를 건너온 이국異國의 바람이

그 날, 그, 말 울음소리를 전해주고 있다

혁명은 없다

혁명은 지나친 불평등에서 싹이 튼다고 한다

20대 80 사회를 넘어 1대 99의 사회에서는 싹이 아니라 이미 혁명이 무르익고 있는지 모른다

그러나 자본주의 사회에서 더는 혁명은 없다

보수주의자 비스마르크가 근로기준법과 산업재해보험을 창안한 것은 노동자를 위한 정책이 아니다

혁명의 싹을 자르기 위한 고육책苦肉策이었다

작은 부자들은 어리석지만 큰 부자들은 현명하다

1대 99가 아니라 0.1대 99.9의 사회가 되어도 이제 더는 혁명은 없다

99.9%의 가난한 사람들이 무엇을 생각하는지 큰 부자들은 알고 있기 때문이다

그들은 돈이 들어가지 않는 애국이라는 말을 창안했으며, 가난

한 사람과 부자라는 논리가 아니라 우리는 한민족이라는 말을 주입했으며, 심지어 그들은 지역을 나누고 출생을 따지고 동기로 묶고 전관예우로 포장하고, 정규직과 비정규직으로 나누어 혁명의 싹이 자라지 못하는 황무지를 만들었다

오직 먹고사는 일에만 몰두하도록 가난한 사람들이 잉태될 때부터 DNA를 조작하는 데 돈을 쓰고 있다

이제 혁명은 없다

정부로부터 받는 양육비가 내가 낸 세금이라는 것을, 정부로부터 받는 노령연금이 내가 낸 세금이라는 것을, 내가 낸 세금으로 생색을 내는 정부를 내가 낸 세금으로 큰돈을 버는 부자를 부러워할 뿐 경멸하지 않는 한

혁명은 없다

상전

배고프다 삑삑거리는 휴대전화기 화면에
밥 달라는 요구 문구와
메시지 몇 통
메시지 톡 많이
업데이트 몇 개

아들과 딸은
업그레이드 시기가 지나면
자체 발전을 뽐내며
내 손을 떠나려 발버둥 치는데

전화기는 업데이트 할수록
더 상세해지는 요구 사항들로
내 손길을 기다리며 보채는데

점점 내 손 안에서
서서히 나를 지배해 가는
주인이 되는데……

여기는 어디?

살아 흐르던 낙동강
몇 줄 8곳 숨통을 조르면서
낙동강 살리기 사업 후
흐르기를 멈추고
초록으로 질려 버린
죽음의 호수

토종 어류, 식물은 급감하고
블루길, 가시 박 외래 어류 식물이
원래 제 땅인 양 활개 치는 판이
딱 정치판

내가 사는 이 땅에
미국은 북한 미사일 방어
사드 배치하라 하고
중국은 안 된다 하는
여기가
미국인가
중국인가

폭염

봄도 없이
이르게 맞은 여름이 심상치 않다

연일 전국의 폭염 기록을 경신하며
맹활약을 펼치는 지나친 열정
여름의 싱그러운 기상조차
시들어 말라가는 후유증으로
신음하게 하더니

어느새 미처 챙기지 못한 가을이
내 마당에 뛰어든 낙엽 한 잎
영원할 것 같던 더위에
안녕을 고하는 마음이
앞장을 서는데

제3부

북소리

박덕선

다시 서는 저 들판에서

오월의 잔디 광장은
깃발하나 꽂을 곳 없는
새 정부의 노동법이다

그 속에서도
괭이밥이 씨앗을 맺었고
보도블록 이음새마다 새파랗게
개미자리 흰 꽃이 소지처럼 피고
호미 날에 줄기 잃고
밤새 생피 어렸던 반하는
제 피 버무린 자리에서
또 잎을 피웠던 날이 있었다

잔디밭에 앉았나요?
잘 깎은 공원 광장
훈련소 초년병 연좌 훈련받듯
깡똥한 어깨동무 스크럼 짠
그 촘촘한 잔디밭에 앉았나요?

통일부 수장이 통일을 외면하고
노동부 수장이 노동자를 짓밟고
환경부 수장이 운하를 파자는
언어도단이 뗏장으로 얽혀

그 질기다던 바랭이 잎도
빛을 잃고
봄맞이꽃 씨앗 맺은 뿌리도
뽑혀 올라 시들고 마는
이 광장에서

촛불을 들고
민주주의여 또 목이 메어야 하나

— 졸시 「다시 서는 저 들판에서」 전문

새천년을 맞은 지 7년을 지나올 때 다시 서는 들판은 자유의 광장이 될 줄 알았다. 그 믿음에 동반했던 내 자유 의지는 금강산을 뒷동산 오르듯 아침 먹고 출발해서 저녁이면 닿을 곳으로 생각하며, 제자들에게 "네 앞에 놓인 자유를 맘껏 누리며 미래를 꿈꾸어라."라고 호언장담했다. 지구 밖으로 행군하라는 구호가 넘쳐났고 우리는 마음 놓고 꿈꾸었다. 새들은 자유롭게 대한 사람 대한으로 길이 보전하자며 날아올랐고, 우리는 일제히 일어서지 않아도 종북도 좌빨도 아닌 자유 시민이 될 수 있었다.

2009년의 퇴행은 다시 오지 않으리라 굳게 믿었던 배반의 시간이, 밑 빠진 독 깊은 우물로 노무현, 그 민권 신장의 사도가 떠나고 새천년의 붉은 해는 사대강 봇둑에 처박혀 파랗게 질려 죽은 시체 같은 물별이끼로 떠올랐다. 오월의 광장은 눈물도 없이 지는 한 서린 촛불로 덮혔고, 80년대의 유령이 물대포와 버스 산성으로 편을 갈라 대한 사람 대한으로 살 수 없는 분단의 광장으로 만들어 버렸다.

그는 대통령 시절에 "다시 한나라당이 정권을 잡는다고 해도 더 이상 독재의 시대는 오지 않는다." 했다. 그도 예측 못 했던 언어도단, 후안무치, 막무가내의 독단이 광장을 쓸고 지나간 곳곳에서는 아픈 생명의 곡소리조차 들리지 않는다.

밀양, 팽목항…… 금기어가 되어버린 세월호, 자유의 이름을 걸던 투사들은 낡고 낡은 비겁의 외투를 두르고 모호한 경계에서 풀도 아닌 것이 나무도 아닌 것이 꽃이라고 우기며 세 열매를 씹으며 돌아섰다.

고백컨대 나의 시는 비겁하다. 나를 위한 위안이고 자조이기는 하되 민주주의의 맥없는 좌절 앞에 아무것도 하지 못한 채 소극적 탄식만 하며, 혈을 눌린 망아지마냥 비틀거렸다. 좀 더 그럴듯한 현실과 타협해 보겠다고 자본의 귀퉁이를 어슬렁거렸다. 아큐마냥 자기 승리 법으로 자신을 변명하며 그렇게…… 민주주의의 목을 죄는 비겁자로 주정뱅이처럼 주절거렸다. 시를 쓴다는 일이 제 상처를 핥으며 견디는 쓰라림이었으며, 투명하게 마주 보는 일이 부끄럽고 부끄러워서 참회록도 쓰지 못했다. 먹고 사는 일이 굶지 않으면 되는 일임을 넘어서 너무 잘 먹고 너무 많이 써대어야 잘사는 일이라고 누군가가 끝없이 종용했고, 내가 못사는 사람이라고 규정짓는 순간부터 너무 바쁘고, 너무 힘들고, 너무 가난해야 했다. 그것이 부끄럽다. 내 시 앞에…… 용서의 고백이요. 변명이요, 위무가 될지라도 시로써 또다시 울 수밖에 없는 나는 가엾은 미물이다.

아무도 울어주지 않고 들어주지도 않는 광장에서 지들끼리 목이 메는 작고 작은 풀들아 꽃들아! 이제는 닭 모가지 비틀 새벽도 오지 않는다. 어디를 가서 누구와 민주주의를 말할까?

지들끼리 피었다 지는 들꽃 무리처럼 처연히 오월 하늘만 바라보다가 씨앗도 없이 지고 마는 민주주의에 목이 멘다. 자유의 알맹이를 뭉개고 자유의 옷을 입은 무리가 화려하게 스크린을 누비고 어버이의 이름으로 어버이를 짓밟는 새 나라에서 목매어 불러 본다. 민주주의여!!

배재운

문턱을 넘는 용기

저 산에 오를 수 있을까
걱정하고 망설이다
마음잡고 문지방을 넘으니
어느새
산 위에 올라서 있다

느릿느릿 걸어왔거나
달음박질해 왔거나
쉬엄쉬엄 올라왔거나
숨 가쁘게 올라왔거나

내가 올라온 산의 높이는
우리 집 문지방 높이와
늘 같다는 것이다

— 졸시 「3·15」 전문

쉬는 날이면 자주 산에 가는데, 그것은 산이 집 가까이 있으니 편하게 오갈 수도 있기 때문이기도 하고, 맑은 공기 마시며 숲길 따라

걷다 보면 운동도 되고, 잡다한 생각도 떨쳐버릴 수 있고 몸도 마음도 개운해지니, 이보다 더 좋은 장소가 나에게는 없기 때문이기도 하다. 그런데도 산에 오르기 전에 걱정부터 할 때가 더러 있었다. 문턱을 넘어 집을 나서기만 하면 내가 언제 왔는지도 모르게, 쉽게 정상에 올라와 있었던 적이 한두 번이 아닌데도, 오늘은 날씨가 더운데 어쩌나, 추운데 어쩌나, 오늘은 몸 상태가 별로인데 올라갈 수 있을까 하며, 자신에 대한 의구심을 갖거나 자신에게 핑계를 대거나 하며 망설이다가, 문턱을 넘을 용기를 내지 못하고 포기한 경우도 있으니 말이다.

"시작이 반"이라는 말도 있지만, 다시 생각해 보면 시작이 전부라고 말할 수도 있다. 출발이 늦었거나 속도가 빠르고 느린 것이 문제가 아니라, 재고 망설이다가 시작조차 하지 못한다면 아무런 결과도 얻을 수 없기 때문이다. 하지만 쉬엄쉬엄 가거나 숨 가쁘게 뛰어가거나 목표를 향해 가고 있다면, 과정은 서로 다를지라도 결과는 자기가 원하던 곳으로 가 있으리라는 것이다. 내가 살아온 삶도 이 짧고 긴 수많은 망설임을 넘어 지금 자리까지 와 있는 것은 아닐까 생각된다. 갈까 말까, 지금 할까 나중에 할까, 이렇게 해야 하나 저렇게 해야 하나, 하며 망설이다 내게 찾아온 특별한 기회들을 그냥 낭비하지 않았나 싶기도 하다.

지금은 예전보다 살기 좋아졌다고 많은 사람이 말한다. 먹고 살기 풍족해졌고 살림살이가 나아진 것은 사실이다. 하지만 작금의 현실은 양극화 현상과 계층 간의 갈등과 대립, 경기불안 등으로 오히려 정서적으로는 더 팍팍해졌다고도 할 수 있겠다. 아이들은 시

험지옥에 시달리고, 청년들은 취직 지옥에 허덕이고, 장년 세대들은 실직의 지옥 앞에서 움츠리고 있으니 말이다. 그러니 사회적 갈등이나 제도적인 모순에 대해 모두 외면하고 자기방어에만 연연하고 있는 게 아닌가 싶다. 내가 산으로 한 발자국 다가가면, 산은 내게 한 발자국 가까워진다. 마찬가지로 내가 원하는 세상을 향해 내가 한 발자국 나아간다면, 내가 원하는 세상도 내 쪽으로 그만큼 가까이 다가오지 않을까? 3·15 의거 탑 앞에서 문턱을 넘는 용기, 그 의미를 되새겨 본다.

이규석

제자리를 지키는 사람들은 아름답다

어깨 무겁다고
슬쩍
내려놓을 수도 없는 짐

말은 삼켜야 했다

세찬 바람 불고 갈 때마다
나만 바라보고 있는 식솔들처럼
우우 속울음 우는 소리에
감히 일탈할 수 없는 제자리

스스로 길이 되어
꿋꿋하게 지키고 섰다

— 졸시 「전봇대」 전문

제자리를 지키는 사람들은 아름답다. 사람의 길에는 항상 전봇대가 있다. 외딴섬이나 심심산골을 제외하고는 길을 가다 흔히 볼 수 있는 전봇대, 그냥 무심코 지나쳤던 날들이 많았다. 그러던 어느

추운 겨울날 길을 가다 전깃줄이 우우 높은 소리로 울고 있는데 전봇대는 묵묵하게도 말이 없었다.

저 무거운 그것도 흔들리고 있는 전깃줄을 메고도 힘들다는 소리도 없이 천연덕스럽게 제자리를 지키고 서 있는 그 자세를 본 것이다. 저 전봇대가 만약 사람이라면 어떤 생각을 하고 어떤 행동을 했을까 하다 아, 하며 가슴에 와 닿는 느낌 있어 이 글을 쓰게 된 동기가 되었다.

누구나 한 번쯤은 일탈을 꿈꾼다.

주어진 환경에 불만이 있을 땐 더욱 그러할 것이다. 그것이 발전적일 수도 있고 낭패를 볼 수도 있겠지만, 사람이란 존재가 좀 지나치다 할 정도로 간사해 씹고 단맛에 너무 민감하게 행동하는 걸 알 수 있다. 일탈 하고 싶어도 할 수 없는 저 전봇대 같은 사람은 즉 가장家長들이다. 가족을 책임질 의무 때문에 쉬이 일탈할 수 없는 무게를 알기 때문에 흔들리기도 하겠지만, 전봇대처럼 곧 제자리를 지켜가는 것이다.

어떤 자리이든 그 자리가 권력이나 막강한 힘이 되는 일은 없어야 한다. 자리의 권력이나 힘으로 자기보다 약한 사람들께 갑질이나 하고 인격모독을 일삼는다면 이 나라는 정말 사람으로 살아가기란 불가능하다고 봐야 할 것이다.

지금 이 시대에 묵묵히 제자리를 지키며 살아가는 것도 힘들지만, 제자리를 지키고 있는 사람들이 있기에 아직은 이 땅이 아름다움을 잃지 않고 있다 해도 과언은 아닐 것이다. 세상에 편하고 쉬운 일만 있는 것은 아닐 것인데 조금 힘들고 괴롭다며 작업복을 벗어 던진다든지 내가 이렇게 고생하며 살아야 할 이유가 뭘까 해서 다른 길로 일탈한다면 전화위복이 되는 사람도 있겠지만 그런 일은 극히 드물 것이다.

바람에 잘 흔들리는 사람들은 무게도 약할 것이 분명하다. 책임과 의무가 소홀하다든지 해서 쉽고 편한 것만 찾는 사람들은 그 아집에 곧 부끄럽고 치욕적인 낭패를 부를 수 있는 것을 명심해야 한다. 권모술수로 차지한 자리에서 온갖 비리를 저질러 여러 사람께 민폐 끼치는 야만인 같은 작자들은 또 얼마나 많은지 모른다. 사람이라면 제발이지 그렇게 살지 말아야 할 것이 분명하다. 자리에 연연해 목숨 거는 야만인 같은 인간들아, 보이는가!

큰 욕심 부리지 않고 부러질 수는 있어도 흔들림 없이 제자리를 지키며 살아가는 저 전봇대 같은 아름다운 가장家長님들이. 이쯤에서 나는 가장家長님들께 뜨거운 진심을 담은 응원의 박수를 보낸다.

이상호

누구에게나 관심은 희망이다

— 형을 보내며

그를 만난 건 병실에서였다
환자인 듯 환자 아닌 듯
매일 아침 운동을 하고 음악을 듣고 독서를 하며
일정한 시간을 지키며 반듯하게
하루를 보냈다

뇌졸중으로 한쪽 눈이 보이지 않고
달팽이관도 흔들려 항상 꼿꼿이
살려 했던 그
십수 년을 만나며
어느새 환갑을 넘긴 그
술에 취하면 늘 입버릇처럼 하던 말
"아우야 오늘은 비틀거리며 살아봐야 안 되겠나.
언제 우리가 비틀거릴 수 있겠냐.
내가 취하면 네가 잡아주면 되지"

그는 그렇게 흔들리지 못하는
흔들릴 수 없는 마음을 다잡고
홀로 살다 끝내 흔들리는

술병으로 들어갔을까

그의 쓸쓸한 죽음 곁
나뒹구는 술병만이
그를 대신하고 있었을 것이다

숱한 만남과 이야기 속에서
그를 보고 느끼고 생각했지만
나는 그를 몰랐다

이젠
그의 고독사에 대해
아무도 이야기하지 않고
아무도 알려 하지 않는다

상을 치른 후 받은 전화 한 통
다음날 찾은 그의 방엔
여전히 술병들이 책들이 노트가
주인 잃은 공간을 지키고 있는데

나는 몰랐다
진정 나는 그를 몰랐다

— 졸시 「나는 그를 몰랐다」 전문

첫인상이 중요하다고 한다. 잠시의 판단이 맞다 틀리다를 떠나 섣부른 판단이 실수를 부를 수도 있을 것이다. 그와 만남도 그랬다. 내가 입원한 병실에 어느 날 불쑥 이어폰을 끼고 체육복을 입고 침대부터 각을 잡고 물품들을 군대식으로 가지런히 정리하던 그의 모습은 아무리 생각해도 입원할 사람이 아니었다.

서로에 대한 생각을 나누게 된 것은 그 후로 며칠이 지나서였다. 굳이 서로에 대해 알 필요도 없고 얼마 지나지 않아 떠날 병원이란 생각에 눈인사만 주고받던 어느 날 야외에서 우연히 한 의자에 같이 앉았던 게 인연이 되어 속사정을 나누게 되었다.

어려서부터 사회에 나와 세 명의 동생들 뒷바라지하느라 결혼 정년 기를 놓치고 마흔 중반을 훌쩍 넘긴 시기, 결혼을 약속한 여자도 있었지만, 뇌졸중이 와서 포기한 후 일 년에 두 번씩은 입원하는 신세라고 스스럼없이 이야기하던 형. 사는 동네가 같아 퇴원 후에도 함께 자리하면서 인연은 그렇게 이어졌다.

노모는 치매와 병환으로 요양병원에 있고, 동생들은 다 자리를 잡고 따로 살림을 차려서 혼자 집과 병원을 오가는 생활을 하는 형. 형의 방은 병실처럼 깔끔했다. 가지런히 꽂힌 책들과 반듯하게 자리 잡은 노트와 볼펜, 반듯하게 다려진 옷들이 한쪽을 지키고 있었다. 동네의 지인들과도 무난하게 어울리며, 동생들의 안부를 수시로 물으며, 노모 걱정이 끝이 없던 형은 정작 자신을 놓치고 살았을까?

가끔 술에 취한 목소리로 전화가 오면 "외롭다, 쓸쓸하다, 사람을 만나도 외롭다, 다음에 한번 보자."로 이야기를 끝내곤 했었다. 그러나 다음날이면 여전히 건강한 목소리로 "혹시 어제 전화해서 실수하지는 않았느냐"고 안부를 물었는데 형은 갔다. 자신을 놓치지 않으려 무던히 애를 썼고, 혼자만의 공간에서 벗어나려 숱한 노력을 하였지만, 형은 끝내 갔다. 밖으로 보이는 모습만 생각하고 만날 때의 웃는 모습만 생각한 형의 속은 전혀 알지 못한 채 형은 그렇게 떠나갔다. 수많은 술병을 비우며 형은 어떤 생각을 했을까? 한 병, 한 병 비울 때마다 얼마나 많은 사람의 이름을, 얼굴을 떠올렸을까? 표현하지 못하고, 표현할 수 없는 그 고독의 공간에서, 친구도 형제도 노모도 그 누구도 찾아 주지 않는 공간에서 형은 얼마나 많은 외로움의 눈물을 흘렸을까?

오늘도 뉴스에서는 육십 대의 고독사를 이야기한다. 대중 속의 고독을 이야기한다. 가족들의 외면을 이야기한다. 관심과 정을 이야기한다. 자본주의의 이기성을 이야기한다. 그래 이야기를 한다.

화장한 후 걸려온 전화 한 통에 왜 나는 형의 집으로 갔는지, 방 안에 쉽게 들어가지도 못하고, 또 왜 쉽게 나오지 못하고, 눈물다운 눈물도 흘리지 못했는지, 아직도 그 방의 흔적들은 쉽게 지워지지 않고 술병처럼 흔들리는지 이유를 모르고 오늘을 산다.

형과 마지막으로 나눈 문자는 아직도 손전화기에 저장되어 이름이 남아 있는데 형은 없다. 이젠 이름만 남아 소통 없을 흔적만 남아 있다.

최상해

역마다 백두산 가는 표는 안 팔아

“역마다 백두산 표는 안 팔아”
다들 “나만 미쳤다고 쑥덕”여 그래 “누가 미쳤나”
“흑발이 백발이 되도록 귀향 표를 살려는 놈이 미쳤나
기어이 못 팔게 하는 놈이 미쳤나”
아리고 찢어지는 가슴 쓰다듬으며
걸어서 걸어서라도 간다고
늙지도 죽지도 않겠다며
이 땅 백성이면 당연히 통일에 대한 꿈을 꿔야 한다며
『별 꿈』을 남겨놓으신 선생님

몽양 여운형 선생의 정신적 신념을 담고
죽음도 건너가신 12살 때부터의 가치관으로
한평생 꼿꼿하셨던 선생님
“백두 한라를 손짓하며 잘린 비단길도 잇느라
꿈에도” 통일통일 하시며
『절정의 노래』를 부르시던 선생님

한때 제주를 여행하시며 제주 바닷바람 소리를
전화기에 실어 보내 주셨던 선생님

혼자서 다닐 수 있다는 것은 아직 건강한 거라고
아흔을 훌쩍 넘으셨는데도 성성했기에
내내 그러실 줄로만 알았답니다

그렇게 정정하셨던 선생님
아버님 퉁소 소리로 힘줄이 터질 듯 아리랑을 부르며
통일 고개를 오르고 계시겠지요
서울 서초에서 옛 기억들을 청청하게 들려주시던
선생님을 생각하며
선생님 손때가 묻은 시집 속 정신을
오롯이 받아 모십니다

— 졸시 「통일 표 — 이기형 선생님을 추모하며」 전문

분단은 한 개인으로 보면 가정의 비극이지만 민족으로 보면 역사의 비극이다. 그런데 우린 나 자신과 직접 관련이 없다고, 피부에 와 닿지 않는다고, 통일에 대해 막연하고 감상적이다. 이런 막연하고 감상적 통일론이 아니라 실질적이고 실천 가능한 통일에 대해 '객토문학'에서 기획 시와 생각 글을 쓴 적이 있다. 그러나 여전히 통일에 대해 막연하다.

왜 그럴까 그것은 일반 국민으로서는 할 수 있는 게 한정되어 있기 때문이다. 다시 말해 양쪽 지도자의 의지가 없고는 통일은 공염불이다. 그 대표적인 예가 김대중, 노무현 대통령과 김정일 국방위원장을 들 수 있다. 그들의 의지 때문에 많은 국민이 통일이 막연한 것이 아니라 가능한 일로 생각했던 적이 있기 때문이다.

이러한 현실 속에서 평생 통일을 노래한 이기형 선생님을 생각한다. 이기형 선생님은 오랜 세월 민족의 통일을 위해 실천하며 사셨다. 서초에서 하룻밤을 묵을 때는 긴긴밤을 통일에 대한 말씀으로 만리장성을 쌓았던 기억이 뚜렷하다.

"역마다 백두산 표는 안 팔아" 다들 "나만 미쳤다고 쑥덕"여 그래 "누가 미쳤나" "흑발이 백발이 되도록 귀향 표를 살려는 놈이 미쳤나 기어이 못 팔게 하는 놈이 미쳤나" 아리고 찢어지는 가슴 쓰다듬으며 걸어서 걸어서라도 간다고 늙지도 죽지도 않겠다며, 이 땅 백성이면 당연히 통일에 대한 꿈을 꿔야 한다며, 『별 꿈』을 남겨놓으셨고 시집 『절정의 노래』에서 "백두 한라를 손짓하며 잘린 비단길도 잇느라 꿈에도" 통일통일 하시며 노래를 부르시던 선생님.

한때 제주를 여행하시며 제주 바닷바람 소리를 전화기에 실어 보내 주셨고, "혼자서 비행기도 버스도 타고 다닐 수 있다는 것은 아직 건강한 거라"고 말씀하시던 선생님은 그때가 아흔을 넘어 93세였다. 정말 통일이 될 때까지 계실 것 같았던 성성하신 모습에 내내 그러하실 줄만 알았다. 선생님 하고 부르면 약간 들뜬 목소리로 반겨주시던 그 반가움은 이제 들을 수 없다.

선생님을 만나면서 내 막연한 통일을 반성하게 되었고, 선생님의 염원인 통일이 어떤 통일이었는지 조금은 알 수 있었다. 그 덕택에 평소 내가 생각하고 다가가려 한 통일에 대해 생각해 보았다. 그 순간 내 머리는 백지상태라는 것을 깨달았다. 어릴 때부터 듣고 부르고 했던 통일이 입에 발린, 금붕어처럼 입만 뻐끔거리는 수준이라는 것을 알 수 있었다. 아는 순간 너무나 부끄러웠다.

진정으로 통일을 원한다면, 남이니 북이니 하는 제도를 넘어 민족의 입장에서 통일에 대한 논의가 되어야 하고, 그렇게 되지 않는 통일 논의는 사상누각일 뿐이라는 것을 몸소 경험한 바 있다. 누가 지도자가 되느냐에 따라 달라지는 통일에 대한 정책이라면 그것은 눈 가리고 아옹 하는 격일 것이다. 우리가 통일을 다시 한 번 생각해봐야 할 지점이 여기에 있다고 본다.

남북의 일반 국민에게 과연 통일은 무엇일까? 해도 그만 안 해도 그만인 통일일까? 꼭 해야만 한다면 왜 해야 하는지 우린 생각해봐야 한다. 지금까지 60년이 넘는 긴 세월 속에 이름만 덩그러니 남아 있는 통일이라면 그것은 별것 아니지 않은가? 하지만 이미 통일이라는 단어가 가지고 있는 의미는 우리 생활 곳곳에 침투해 있다.

몇 가지만 짚어보면 금방 통일이 우리 몸 구석구석을 지배하고 있다는 것을 알 수 있다. 젊은이들의 군대 문제, 군비에 쏟아붓는 세금 문제, 언론과 사상의 자유 문제, 편협된 교육 문제, 자유로운 통행문제 등등에서 보는 것과 같이 우리 생활 전반에 통일이 관여하지 않는 곳이 없다. 단순하게 이산가족의 문제 정도로 치부했다면 다시 한 번 생각해 볼 문제라고 본다. 이 시는 이기형 선생님을 추모하며 쓴 시다. 어찌 시 한 편으로 내 마음을 다 전할 수 있겠는가.

표성배

아버지가 되어도
아버지를 다 알지 못한다

이 월이었다 일천구백칠십구 년 마산에는 눈 대신 비가 내렸다

빗속에 키 작은 한 소년이 공장에서 먹을 도시락을 들고, 책가방 든 아이들과 뒤섞여 시내버스를 기다리고 있었다

조금 떨어진 곳에서 시내버스를 기다리며 한참을 바라보던 중년의 사내가 가만히 우산을 내려쓰고 있었다

— 출처 『기찬 날』 도서출판 애지, 2009

소년은 산골에서 태어났다. 소년의 아버지는 근육이 우람했고 어머니는 바지런했다. 소년에게는 위로 두 분의 누님이 있었고, 나이 차이가 긴 남동생이 있었다. 그리고 소년에게는 맑은 물이 흐르는 개울이 있었고, 여름이면 동무들과 어울려 헤엄치고 놀 연못이 있었다. 소 꼴을 베고, 겨울이면 나무를 하고, 토끼를 잡고 꿩을 잡고 가끔 동네 어른들이 노루를 잡아오면 노루 고기를 씹기도 했다. 소년의 어린 시절은 하늘이 푸른 만큼 높았고, 계절 따라 변하는 산

을 신기해하면서 구름의 옷을 걸치고 산 너머를 동경하기도 했다.

소년은 열네 살에 처음 바다를 봤다. 소년은 이삿짐을 실은 화물차에 앉아 곱게 뻗은 고속도로를 달리며 이 길이 어디까지 뻗어 있을까? 궁금해하기도 전에, 소년은 학교 대신 공장에 취직했다. 소년은 이제 산 너머를 동경하는 것이 아니라 산이 그리워지기 시작했다. 소년이 산을 그리워하는 시간이 많아질수록 소년의 아버지는 근육이 작아졌으며 소년의 어머니는 더욱더 바지런해야 했다. 소년의 두 누님은 이른 시간 출근해서 늦은 저녁 집으로 돌아올 때면 온몸에서 고무 냄새가 났다.

소년이 첫 출근을 하는 날 눈 대신 비가 내렸다. 소년은 또래들보다 키가 작았다. 소년이 출근한 공장은 소위 말해 철공소였다. 소년은 시다였다. 소년의 눈에서는 시골에서 본 반딧불이나 도깨비불 같은 눈에 넣어도 아프지 않은 불 대신 자주 불꽃이 튀었다. 소년은 더욱 산 저쪽이 그리웠다. 그래도 소년은 이를 악물고 아침에 출근하고 밤늦게 퇴근했다.

소년의 아버지는 점점 야위어졌고 소년의 어머니는 병원에 자주 들락거렸다. 소년의 두 누님은 어깨가 당당한 노동자의 아내가 되었다. 소년의 동생은 전문대학을 졸업하고 공장에 취직했다. 소년도 어느덧 자라 소년의 티를 벗었다. 그러나 여전히 소년은 산 저쪽이 그리웠다.

소년은 산 저쪽을 그리워하며 시를 쓰기 시작했다. 시를 쓰고 공부하면서 소년은 산 저쪽과 산 이쪽이 별반 다르지 않다는 것을 느끼기 시작했다. 소년은 현재 자기가 딛고 있는 두 발에 대해, 현실에 대해 생각하기 시작했다. 그럴수록 소년의 두 눈은 자주 불꽃을 튀었다. 자연스럽게 소년은 머리띠를 매게 되었고 팔을 힘차게 흔들게 되었고, 깃발을 들고 맨 앞에 서기도 했다. 그럴수록 소년은 산 저쪽과 산 이쪽을 구분하는 것에 대해 많은 생각을 하게 되었고, 소년이 쓴 시는 산 저쪽보다는 산 이쪽에 대한 이야기들이 많아지기 시작했다. 소년은 이제 바다를 자주 보게 되었고, 비 오는 날은 비 오는 것을 비 그친 날은 비 그친 것을 시로 쓸 수 있게 되었다.

소년은 이제 어른이 되었다. 공장에 다니는 키 작은 아내를 맞아들였으며 아내보다 키가 큰 아들을 두게 되었고, 아내보다 예쁜 딸을 가족으로 품게 되었다. 소년에게는 여전히 산 이쪽과 산 저쪽을 구분하려는 마음이 가슴에 남아 있지만, 이제는 가장으로서 아버지를 생각할 때마다 어머니를 떠올릴 때마다 잊을 수 없는 한 장면을 시로 쓰게 되었다.

소년이 시로 표현한 아버지의 심정이 아무리 시로 표현한다고 해도 그 심정을 알 수 없다는 것도 소년은 알고 있다. 그러나 소년은 점점 더 아버지의 마음을 알아가는 중이지만 다 알지는 못한다는 것도 잘 알고 있다. 그러므로 가끔 아들의 방문을 열어보기도 하고, 딸의 머리를 쓰다듬어보기도 하는 것이다.

산 너머에서 빛나고 있을 별을 그리는 것이 희망이라는 것을 소년은 잘 알고 있다. 산 이쪽에 있을 때는 산 저쪽이 동경의 대상이지만, 산 저쪽에 가 보면 산 이쪽이 더 그리운 것이다. 저기 나보다 키가 큰 아이 하나 우산도 없이 뛰어가고 있다. 금방 사라지고 말 도깨비불같이 시간이 뒤로뒤로 가고 있다. 만약 소년이 시를 쓰지 않았다면 산 이쪽과 산 저쪽에 대해 표현하는 방법을 찾다가 시간에 먹히고 말았을 것이다.

시야 고맙다. 언제 술이라도 한잔 하는 날이 있겠지만, 지금은 고맙다는 말밖에 할 수가 없다. 그래서 미안하기도 하다. 그 이유는 아직도 소년은 아버지를 그리워하고 있기 때문이다. 소년의 아버지는 소년만의 아버지가 아니라는 것을 소년이 알았을 때, 소년은 두 눈이 안개 걷히듯 맑아지는 경험을 하게 되었다. 그 이후 소년은 이 땅에 살아가는 모든 아버지의 어깨를 어루만져 줄 수 있는 시를 쓰고 싶었다. 그게 소년이 소년의 아버지에 대한 그리움의 한 방법이라는 것을 최근에야 알았기 때문이다.

'아버지!' 하고 불러 보면 저기 앞서가는 뒤에 오는 이 땅의 모든 아버지가 고개를 들 것 같다. 고맙습니다. 하고 꾸벅 절을 하면, 다들 내 어깨를 두드려줄 것 같다. 그래서 고맙다. 이 고마움을 어떻게 갚아야 할지 내내 생각 중이다. 아마 답을 찾지는 못할 것이지만 못 찾는 동안이 길어질수록 더 고마움의 깊이는 깊어질 것 같다.

오늘도 비가 긴 골목을 적시고 있다. 우산을 준비해야겠다.

객토문학 동인지 및 동인의 책

– 동인지 및 기획시집

제1집 『오늘 하루만큼은 쉬고 싶다』(도서출판 다움, 2000)
제2집 『퇴출시대』(도서출판 삶이 보이는 창, 2001)
제3집 『부디 우리에게도 햇볕정책을』(도서출판 갈무리, 2002)
제4집 『그곳에도 꽃은 피는가』(도서출판 불휘, 2004)
제5집 『칼』(도서출판 갈무리, 2006)
제6집 『가뭄시대』(도서출판 갈무리, 2008)
제7집 『88만원 세대』(도서출판 두엄, 2009)
제8집 『각하께서 이르기를』(도서출판 갈무리, 2011)
제9집 『소』(도서출판 갈무리, 2012)
제10집 『탑』(도서출판 갈무리, 2013년)
제11집 『통일, 안녕하십니까』(도서출판 갈무리, 2014년)
제12집 『희망을 찾는다』(도서출판 갈무리, 2015년)
제13집 『꽃 피기 전과 핀 후』(도서출판 갈무리, 2016년)
배달호 노동열사 추모 기획시집 『호루라기』(도서출판 갈무리, 2003)
한미 FTA 반대 기획시집 『쌀의 노래』(도서출판 갈무리, 2007)

– 동인의 책

문영규 시집 『눈 내리는 저녁』(2002)
『나는 오늘 외출 중』(2014)
박덕선 풀꽃 이야기 『풀꽃과 함께하는 건강약초 126선』(2013)
배재운 시집 『맨얼굴』(2009)
이규석 시집 『하루살이의 노래』(2007)
이상호 시집 『개미집』(2007)
『깐다』(2015)
정은호 시집 『지리한 장마, 그 끝이 보이지 않는다』(2003)
최상해 시집 『그래도 맑음』(2016)
표성배 시집 『아침 햇살이 그립다』(2001)
『저 겨울산 너머에는』(2004)
『개나리 꽃눈』(2006)
『공장은 안녕하다』(2006)
『기찬 날』(2009)
『기계라도 따뜻하게』(2013)
『은근히 즐거운』(2015)